화살로 쏘아지는 저녁

개미시선 077

화살로 쏟아지는 저녁

1쇄 발행일 | 2023년 04월 17일

지은이 | 김찬호
펴낸이 | 정화숙
펴낸곳 | 개미

출판등록 | 제313 – 2001 – 61호 1992. 2. 18
주소 | (04175) 서울시 마포구 마포대로 12, B-103호(마포동, 한신빌딩)
전화 | (02)704 – 2546
팩스 | (02)714 – 2365
E-mail | lily12140@hanmail.net

ⓒ 김찬호, 2023
ISBN 979 – 11 – 90168 – 59 – 5 03810

값 13,000원

화살로 쏘아지는 저녁

김찬호 시집

개미

첫 시집을 냅니다. 미숙합니다. 게다가 엮은 글들의 시차까지 커서 어색합니다. 부끄럽습니다.

노래하기 시작한 일을 상세히 기억하지 못합니다. 아직 언어를 구사하지 못하는 어린아이가 허기나 두려움을 울음으로 호소하는 것처럼, 결핍과 외로움을 거칠게 절규하듯 외친 것이 시작이었다고 어렴풋이 떠올릴 뿐입니다. 누구나 그렇듯이 그저 지구별 한 귀퉁이에 던져졌을 뿐인데 '조국과 민족의 무궁한 영광을 위하여 몸과 마음을 바'치라는 세상과 불화하니 결핍과 외로움이 사무칠 수밖에요.

그렇게 시작한 노래, 이 밤하늘에 자유와 평화, 평등의 별들이 다정히 빛나게 하자고 오랜 세월 계속해

왔습니다. 그러나 그 어느 것도 해소되지 않았습니다. 당연합니다. 언제나 욕망에 흔들리고, 시류에 휘둘리고, 잘못과 후회만 반복해 왔으니까요. 그러니 선율과 리듬에 실어본들 그 누구의 가슴에도 닿지 못했습니다. 언제나 귓전에만 맴도는 공허한 노래인 것 같았습니다.

그래서 불안했습니다. 이제는 노래를 멈추어야 하나 헤매고 있었습니다. 그렇기에 아직은 멈추지 말라 토닥여주신 듯하여 《문학마당》의 박재홍 시인과 박지영 시인, 해설을 흔쾌히 맡아주신 김희정 시인, 표지 그림의 신재희 작가, 시집 출간을 맡아주신 '개미'의 최대순 시인께 진심으로 감사드립니다. 글의 길을 밝혀준 다형문학회, 그 길에 나서게 한 새울문학회, 함께 노래하고 있는 밴드 파르티잔, 문우들과 음악 동료들, 벗들에게 감사드립니다.

탈역사와 냉소와 무차별의 이기와 황금 만능주의와 출세 지상주의 시대의 한복판에서 유행이 아닌 역사에 대해, 쾌락이 아닌 삶에 대해, 자본이 아닌 인간에 대해, 감각이 아닌 진실에 대해, 기쁨이 아닌 상처에 대해 얘기하고 있는 동지들에게 바칩니다. 사랑하는 이들, 사랑해주는 이들에게 바칩니다. 이후에는 삶의 구체적인 모습, 생활의 냄새가 진하게 엮어보자는 희망을 품어봅니다. 더 치열하게 노래하겠습니다.

— 2023년 봄, 공간 〈파르티잔〉에서
김찬호

│ 차례 │

제2부
언제나 낯선 세상, 가만히 바라보니

제3부

험한 물결 위, 아직 다리는 없어도

제4부
다시 쓸 시를 위하여

제1부

거리의 악사가
새들을 바라보는 저녁에

습지에서

돌아오지 않는 습지에
발을 담그고
돌아오지 않는 시간을
생.각.하.지.
물이 부유한다는 착각에 빠지면
잔해만 남아 흔들리는 마음은
자꾸 느낌표가 생겨나고
그럴 때마다
가슴에 희석이 필요하다
오늘만 살아가는 계절에
사람이 돌아오지 않지만
때로는
칼 겨누고 헤어진 사람도
검은 노을 위에 떠오르면
안부를 물어야 할 이유가 생긴다
검은 구름을 빠져나간

검은 달 위를 걸어갔던
철새들의 기억이 잠시 잠깐
푸른 눈빛 번뜩일 때
바람이 앉는 곳이기도 하다

겨울 일기

지금을 살기 위하여
이 겨울에 살아남기 위하여
3억 년 전 이 땅에 살다가 죽어간 생명의 사체들을
기어코 캐내고 다듬어
하얗게 불태우고 있구나.
그들, 살아서 치열했는지는 모르지만
땅에 묻혀
겹겹 더해가는 지층의 무게에 제 색깔마저 잃어 간
수천만 년의 시간, 그 무늬를 헤아리다
얼굴에 확확 닿는 열기에 섞여
훅훅 들어왔던 이야기들이 꿈틀거리는
이, 아득한 겨울

화석을 보다

쓰러진 몸 위에 흙이 덮이고
계절이 흐른다, 이미
소소한 추억 같은
말랑한 살들은 분해되고
놓을 수 없는 기억의 중심이라 외치고 싶지만
뼈는 남았으면 좋겠다, 그러나
퇴적되는 삶이 지층을 쌓아
석화될 때
남는 것은 오로지 태고의 달콤한 연애일 뿐
짓눌리는 기억이 자라나면
마음도 돌이 되는 걸까

어미를 보다

낱말이 되지 못한 비운의 형태소
도와주는 자, 조사마저도
어엿한 낱말로 자리하지만
어미는 언제나 그늘에 있다, 어간을
잉태하면서부터 어미는
어간이 오롯이 단어로 설 수 있도록
그림자가 된다
붙어사는 자, 접사는
그 어근의
품사를 바꾸는 심술이라도 부리지만
어미는 그렇지 않다, 오로지
어간의 색깔과 향기를 선연하게 하는 데
몸 바쳐 허드렛일도 마다않는
조역으로 존재할 뿐
눈물겨운 이름
어미

달과 할머니

달이 잿빛인 것을
그대는 알고 있나요
저토록 은은하여 이 밤의
잔잔한 길잡이가 되기
위해서는
스스로 빛나서는 안 된다는 것을요
그도 아니면
지독하게 불타지만 차라리
아득히 멀어야 별빛으로
남는다는 것을요
태양은 너무도 가까이에서
몸을 태워 빛나기에
사람들은 눈부셔 차마
바라보지 못합니다, 그래서
당당한 결여가 천천히 다가와
만인의, 만인을 향하는

소근거림과 속삭임이 기어코
폭력과 공멸이 길게 이어지는 그 앞에
조용히,
멀리서,
빛을 그리워하는 색까지 바라보는 그대가
비추어집니다

새에 대한 오해

창공을 가르는 날갯짓
자유롭다 한다면
그것은 너희들의 몰염치에 가깝다
바다도 풍요의 땅도
넘겨주는 것이 아니라 모두 빼앗겨
남은 것은 막막한 허공의 끝이라면
당신은 새를 바라볼 수 있을까
주린 배 움켜쥐고 거리를 헤매는
성냥팔이 소녀의 입김마저
각색할 수 있는 힘이 있다고 믿는
절망은
불안의 나뭇가지 끝, 위태한 벼랑 어귀의
허술한 둥지에 알을 낳지 못한 이유가
되기도 하다
흔들고 팔매질하는 너희들의 조소가
저공으로 퍼덕이는 시간들을

노래라고 우기면 너희들의 언어는
공간과 공간을 구별할 수 없다
차라리 뼛속까지 비어 가
구름 너머 빛나는 해, 달, 별 위에
그리고 싶은, 그리고 있는 눈물을
오늘도 적막한 비행이라
우길 수도 있겠다

겨울 철새

겨울로 떠나는 그들이 있다
겨울만 찾아 떠나는 그들이 있다
봄이면 날개를 펴는
철새들
바람에 몸을 싣고 날아들지만
다스한 햇살이 불더라도
봄이라 믿어서는 안 된다
둥지를 트는 것보다
안락이라는 단어가 주는 행복이
빛나는 시간이길 바랐다
계절을 따라 움직이는 것에
이름이 붙었을지 모르지만
일상의 또 다른 이름이다
겨울에
살고 싶은 것일까 겨울에만
살 수 있는 것일까

우리가 알지 못하는
문장들 속에 새장을 만들 수 없다

유리 2

너는 나를 보지 않았다
단둘이 남은 방안에서조차
나를 보지 않았다
나를 통해 먼 하늘을
꿈꾸었을 뿐이다
거리에서도 나를 보지 않았다
나에 비친 너를
오직 너만을
바라봤을 뿐이다
나는 언제나 네 앞에 투명했는데
그러나 혹은 그러므로 너는
단 한 번도 나를
보아주지 않았다

유리 3
— 투명한 그대

　빈 창틀은 유리를 그리워한다 허물어진 경계는 서로를 시들게 하기에 영역을 구분하면서도 서로를 바라볼 수 있게 하는 유리가 있어야만 비로소 안은 밖을 동경하고 밖은 안을 꿈꾼다 이쯤 되면 그 누구도 간섭하지 않았던 유리를 잊어간다 모든 매개가 그러하듯이 유리는 유리였을 뿐이다 쩍쩍 금이 갈 때서야 유리의 의미를 생각한다 안과 밖이 허물어져야 빈 창틀에 유리를 그리워한다

악사

노래가 되지 못한 말들이
화살로 쏘아지는 저녁
거리로 나선다
붉게 물든 하늘을 뒤로하고
하루를 연주한다
지하철역과 버스정류장 사이
페인트 가게 앞에
집 쪽으로 몸이 기울어진 사람들
무엇을 더 칠하고 무엇을 바꾸어야
자신의 색을 가질 수 있을까
노래가 웃음이 되고 밥이 될 수 없다는 것을
나는 알고 있다
거리의 빈 공간을
무언가로 채울 수만 있다면
그럴 수만 있다면
밤으로 가는 시간에 올라야 한다

층층이 쌓인 건물들 사이로
아직 지하로 내려가지 못한 전깃줄을
오선지 삼아
불 켜진 창들이 음표가 되고
어두운 창들은 쉼표가 되는 날
마음은 촉촉한 화살대 위에 올려두고
서로가 서로를 향해 촉(燭) 하나
밝힐 수 있는 빛이
이야기로 거듭나길
사람들 마음에 스며들길
소리에 담아본다

중력

보름달
몇 초 전 모습이다
한낮의 태양도
과거의 모습이다, 햇살이
1억5천만 킬로미터의
진공을 가로지를 동안
무엇을 겪었는지
모른다, 바로 지금
알파 센타우리의 항성이
폭발을 일으켜도
모른다, 3년이 지나서야
본다는 것은
언제나 너와 나의 간극이다
내가 너를 보고 있는 것도
시간의 공간일 뿐
위치할 수 없다는 것을 안다

어제도 그랬고 오늘도 그렇다
내일을 담보할 수 없는 것은
삶의 무게 때문만은 아니다
우리가 어떤 말도 하지 않고
서로를 끌어안는 것은
몸의 기억 때문이다

저녁 단상

노을 진다
일상에 찌든 가슴에 붉은
깃발로 타오른다 하루를
그렇게 사는 것이 아니었어
하찮은 한순간도
나의 온 생애인걸
사랑한다
수없이 말하지만 나의 매일이
어느 누구 앞길에도
작고 희미한 가로등 혹은 두 사람도 비좁은 다리
쉼터
되지 못하고
내 먹이도 스스로 줍지 못한 날 저물어
서산엔 노을지는데
빈 술잔이 늘어가면 무엇하나
돌아오지 않는 시간 후회란

때늦은 손짓일 뿐
어느새
노을은 지고
검푸러진 하늘에 떠오른 붉은 달이 속삭이지
나와 함께 새벽까지

제2부

언제나 낯선 세상,
가만히 바라보니

거울 앞에서

반사되는 것은 빛살만이 아니다
그래서이다
문득 없다 어디에도 낯익은
그대 혹은 나
오늘
눈은 정직하지 않다 기억은
굴절되어 있다 희망은
그렇게 쉬운 것이 아니다
물론
나는 알고 있다 시간은
그대의 여윈 손목 초침의 회전 위로 그렇게
흐르는 것이 아니다
허나
불면의 밤
세월에 켜켜로 쌓여가는 눈물
헝클어진 머리칼은 어느 곳에

비쳐봐야 하는가
때로
낯설거나 낯설어지는
거울 앞에서

양파를 다듬으며

그대의 속살로 다가서는 것은
언제나
아픔과 눈물 그러나
곤두선 날로 그렇게 집요하게
파
고
들어도
그대는 없다 그러하지 않은가 그대
애초
그대의 상초롬한 육질을 탐내는 한
속살이 켜켜이 쌓여 가도록
아픔과 눈물만
멈추지 않아
이제
칼, 도마, 해체된 공간, 있지 않은
그대

연꽃
— 역설 1

진흙 속에서도 고운 꽃 피었다지만
진흙에서 커왔기에 아름다운 것이다

달
— 역설 2

그대의 주위를 돌고 있는 저 달을
그대는 올려 보지요, 고개 들어
우러르지요, 소원을 나직이
읊조리지요
달은
언제나 뒷모습을 감추며
그대를 중심으로 맴돌 뿐인데

페르소나 패러독스
— 역설 3

사과는
붉은 결의 빛을 반사해
빨간 사과라 불린다
거부하여 결핍된 특정한 파장을
세상은 사과의 색으로 보는 것이다
빛을 거부한 백지(白紙)는
순백의 색으로 기억되고
온몸으로 빛을 껴안은 숯은
암흑을 상징하는 사물이 된다, 그러므로
보이는 것은 언제나
보이는 것일 뿐이다, 하여
행위 없는 달콤한 포장의 언어로
자유와 평등,
사랑과 평화를 내세울 때
그들의 내면에는
자유와, 평등과, 사랑과, 평화의 파장이

결핍되어 있다, 믿지 않는다
푸르던 하늘
붉게 노을져 가는
이 저녁에

화성

불의 별이라고 말하지만
이제는 타오르지 않는 별
흐르던 물은 얼어붙고
메마른 모래바람에 휩싸이고
운하의 환상은 깨어져서
젊음으로 불타는 내행성만 바라본다

때로는 멀어지고 때로는 다가오고
때로는 거꾸로 거슬러도 가보지만
아무도 보지 않는 차가운 별
극관이 햇살 속에 녹아내릴 때까지

아름다운 거리
— 병영일지(兵營日誌) 4

　어느날거리에서제복을벗은장교를보았네우린그냥
그렇게마치가로수하나본것처럼무심히지나치고장교
는불러세웠네 자 네 들 은 왜 경 례 를 하 지 않 나
나는대답했지 당 신 은 제 복 을 벗 었 지 않 나 돌 아
서자얼떤장교는 그 래 나 는 또 나 에 게 경 례 를 하
는 줄 만 알 고 있 었 어 중얼댔네나의친구는뒤돌아
보며 괜 찮 아 실 수 할 수 도 있 지 누 구 나 우린즐
겁게얘기하며걸어갔네햇살은따스하고바람은상큼하
고사람들은아름다웠네하여우린아름다운사람들에게
넉넉한미소를보냈지휘파람도불며혹낯익은얼굴엔손
들어인사하며그때그장교가쫓아왔지 잠 깐 만 당 신
들 은 왜 인 사 도 하 지 않 았 죠 난뒤돌아서얘기했
지 당 신 은 벌 거 벗 었 으 니 까 요 장교는얘기했네
나 는 옷 을 입 고 있 어 다시말해주었지 제 복 은 아
니 잖 아 돌아서자붉은얼굴의장교는얘기했지 미 안
해 요 나 는 내 가 벗 고 있 는 줄 몰 랐 어 요 다정한

나의친구는뒤돌아보며 괜 찮 아 요 실 수 할 수 도 있
지 요 누 구 나 아!얼마나아름다운거리인가!

음담패설에 대하여
— 병영일지(兵營日誌) 5

밤새 그리고 온종일 얘기했지
여자에 대하여
아주 노골적으로
그때 우린 살아있었네
여자의 입술과 촉촉한 슈크림
여자의 젖가슴과 부드럽고 깊은 잠
여자의 눈망울과 그날 안개비 사이 아롱진 가로등
여자의 음부와 따스하게 젖어있던 애잔한 연주
여자의 손가락과 조밀한 악기
여자의 신음과 아득한 아우성
그때도 우린 살아있었네
사랑하는 여자와 사랑하는 사람들
떠나가는 여자와 떠나가는 사람들
배신하는 여자와 배신하는 사람들
돌아오는 여자와 돌아오는 사람들
외면하는 여자와 외면하는 사람들

우린 살아있으므로
수십의 체위와 수십의 기교와
정력의 증강과 오르가즘의 표정과
꼬시고 먹고 차는
그런 이야기
즐겁게 나누었지
잉태와 탄생은 꿈꾸지 않았어
어느 날
이젠 바닥난 여자 얘기를 멈추고
총을 잡고 돌격했는지 어쨌는지
혹은 낙하했는지 전차 위에 있거나 포를 쐈는지
하늘인지 땅인지 바다인지 강인지 산인지 해변인
지
어쨌든
더 이상 여자 얘기를 지껄이지 않으니
기억나지 않았어 어떤
도시도 사람도 추억도 사랑도 오, 어머니!
친구의 눈빛은 꺼져가고
졸병의 근육도 흐물거렸지
대장의 머리만 처음처럼 멍청했을 뿐
우린 살아있지 않았어

여자,
여자 얘기를 하지 않으니

여덟 살의 자전거

푸른 비 툭툭 떨어지는 날
여덟 살 처음으로 몰고 나온
두발자전거
설레는 가슴으로 끌고 나온 어머니의
빨간 자전거
겁나지 않아 도리질하며
달리려 하던
그날
넘어지지 않으려면 앞으로
나아가야 한다는 것
저 멀리 가야 할 땐 그 누구도
잡아주지 않는다는 것
좌우로 흔들려도 언제나 중심이
지켜져야 한다는 것
아프게,
아직도 아려오는 흉터로 가르쳐 준

내 어린 시절
빨간 자전거

지도

낯선 길 가야 할 때
가고 보면 되지
물어물어 가면 되지
그렇게 길 떠나는 사람들 있지
꼼꼼히 꼼꼼히 지도를,
읽고 또 표시하고 그렇게
행로를 설계하는 사람들이 있지

오늘 난 그저 지도를 펴고
낯선 길 바라보지만
갈 길, 가야 할 길, 가야만 하는 길
살피지 않고
어린애처럼 어린애처럼
우리집 우리 동네 찾아 신기해하지
어느새 이만오천분의 일
작아진 나는

익숙한 동네 길 산책하는데
뒷산 오솔길 있고
도로 앞 구멍가게 있지만
어제 핀 목련꽃 그 아련함
보이지 않고
실직하고 파산한 이 씨의
눈물과 고함 소리 낮술에 취한 그 주정 소리
들리지 않는다
만들기 위해 걸어왔다고 생각했는데
돌아온 길 돌아볼 틈도 없는데
소돔과 고모라의 이야기처럼
뒤를 한 번 돌아보고 싶다는 마음은
결코 호기심 때문이 아닌데
이런 마음들이 차오르면
만들어진 길을 가고 있는지
내게는 처음부터 길이 없었는지
의심을 한다

길

벗어나 가자 하였는데
그 또한 약속이라 하였는데
언제나 이어지는데
돌아서면 그대로 끊어질 것 같은 날

꽃

자신의 성채에 넘치는 부귀와 영화의 배경으로
꽃을 원하는 사람들은 언제나 햇살 가득한 들판의
혹은,
우거진 숲 사이의 꽃을 원하는 것이 아니다
그들은
드는 칼로 뿌리를 잘라내고 나아가
여름 숨 막히는 더위 또는
겨울 매서운 눈보라의 기억을 잘라낸
뿌리 없는 꽃을
윤기나는 화병과 이쁜 조명 아래
가끔은 맑은 물을 갈아주며
향내와 색상만을 소유하길 바라는 것이다
이쯤 되면 그들은 혹 돋아난 가시마저
적당한 교태로 웃어넘길 여유까지 지닌다

세상에는 또한

두터운 온실 밖에 얼어 죽는 동료를 비웃으며
그들이 예비한 열매와 씨앗마저
잊으려는 꽃들이 있다, 그들은
재배에 감사하며 천박한 뿌리를 잘라내고
비닐과 은박 속에서 제게 붙는
꼬리표의 가격이 치솟을수록
기왕이면 더 나은 상품으로 저의 가치 이상으로
백마의 기사에 팔려가는 것이 소원이다

나는 오늘 보았지
척박한 땅에 올곧게 뿌리박아
내일을 예비하는 꽃들이
쓰레기 더미 위에 시들어 버린 시간들을

믿음

내가 알지 못한 나의 이름을
너는 그렇게 자연스레
부르는구나
외줄을 타다 잃어버린 이름
너는 그렇게 자연스레
부르는데

힘차게 내딛지도 못한 걸음
끊어진 줄이
헛딛는 발이
또다시 태어날 수 있음을
믿지 못하면서

고독

사람이 살아가며 사랑을 시작할 때
그 어디쯤에서 만났다

벽돌집

흙은 오로지 그대를 맞이하기 위하여 모래에 뛰어 들어 휩쓸려갔다 그냥 그대로 그렇게 살아도 좋았을 것을 그대를 품에 안으려 모래에 젖은 몸으로 불을 만나야 했다 그대의 웃음소리 듣기 위하여 섭씨 일천 도 가마 속 불길에 몸을 던지고 흔들리는 세상에서 힘을 얻기 위하여 풀무의 입김을 견뎌야 했다 끝내 핏물조차 말라 그을린 붉은 벽돌로 다시 태어나 한 층 한 층 또 한 층 쌓아 그대를 맞이할 삼 층의 집에 서 기다렸다

지금도 비어 타다 남은 붉은색이 빛이 바래고 있다 비어 바람 부는 붉은 벽돌집

제3부

험한 물결 위,
아직 다리는 없어도

독재의 추억
— 사회심리적 마조히즘에 대한 고찰

제발 내게 와
군림해 주세요
당신의 위엄과 권위로 나를
짓밟아 주세요
당신이 있지 않아
어찌할 줄 모르겠어요
이리 될 줄 모르고
그만, 이제는 그만 사라지라고
청원하고 요청하고 애원하다가
기어코 급기야 마침내
대항하고 투쟁하고 타도한
발칙하고 무엄한 우리의 무지몽매
이제는 알아요
당신 없이 어찌할 수 없음을
수십 수백 년의 습속을 어찌할 수 없음을
미천한 우리

저의 길을 가면서도
길 위의 길 아닌 것 같아
끊임없이 두렵고 떨리는 마음

　　*(머리칼을 길러도 되나요? 길을 갈 땐 오른쪽으로, 빨간불
엔 멈추어야죠?*
　　절도 폭행 강간 살인 그리고 잔디밭에 들어가는 것 금지!
　　남자가 남자를 사랑해선 안 되고 포르노는 불법이죠.
　　참, 후배위는 죄악인가요?)

내 안에서 새롭게 환생하여 부활하는 당신
어리석은 우리
지도하고 교육하고 명령해 주시며
꿈틀대는 우리
체벌하고 폭행하고 고문하고
그래도 반항하는 우리
차라리 학살로 정화시켜 주시옵소서
내 안에서 또다시 살아오는
왕이여 황제여
각하 총통 폐하
아, 나의 보스여!

그분이 온다

세상의 구원자로
그분이 온다
스스로 자유롭지 못한 자들의 사슬을
친히 끊어주시며
스스로 존엄하지 못한 자들을 위해
훈장과 완장의 영예를 내려주신다
빛나는 후광에 눈 멀다
날이 저물어
하찮은 우리의 생명과 평화가
그분의 적, 우리의 친구를 향한
그분 영광의 도구로 쓰일지라도
놀라지 마라, 그분은
우리가 부른 것이다
지난한 과정에 지쳐
생각을 멈추고 결과만 추구한 그 순간
설득보다 손쉬운 대결을 바라는 그 순간

공정보다 효율을 원한 바로 그 순간
그때 그렇게
그분을 부른 것이니,
우리 안 의타의 힘을 빌어
악마는 언제나 구세주의 모습으로 온다
그분이 온다

시대극

주연배우의 얼굴에 아주 작은 종기가 돋으니
분장사는 얘기했지
괜찮아요 분장을 좀 짙게 하면 되죠
화장독이 올랐을까 어제보다
더 커진 종기에 분장사는
더 짙은 화장을 했지
종기는 아물지 않았어
곪아만 가는 상처에
더 짙은 덧칠을 하고
연극은 아주 성공이었지
하루하루 부어만 가는 흉터에 분칠해가며
하루하루 늘어가는 관객
코뼈가 허물어지니
고무코를 붙이고
광대뼈가 삭아가니
석고를 깎았지 누구도

알지 못했어 분장 아래
흉측한 주연배우
우상으로 섬기며
어느 날
무대 아래 내려온 주연배우
추종의 손길에 둘러싸여 즐거워할 때
소낙비 내렸지 가면은
비바람에 씻겨가고
사람들은 도망쳤지
괴물이다
소리지르며 다음날도
공연은 계속되었네
기획자와 연출자
소총을 휘둘러 긁어모은
아!
객석을 가득 메운 열광의
관객 앞에서

시대극, 그 후

사람들은 꽁꽁
숨어버렸네
텅 빈 공연장
화가 난 연출가는 소총을 들고
창문마다 자동으로 난사했지만
무심히 커튼만 펄럭일 뿐
기획자는 도심에 불을 질렀지
불길이 집집마다 처마 끝에 어른대도
뛰어나오는 사람 하나 없네
텅 빈 거리
텅 빈 공연장
그러자 그들은 대기실의 문을 걸고
극작가를 불러가고
음향 기사도
조명 기사도 끌고 갔지
그리고 인터뷰를 신청하던 날

수백의 기자단이 수갑 차고 포승에 묶여 취재했네
한 구석
후원자와 극장주는 미소지었고
다음날
광장에서 저마다 메가폰을 들고 외쳤지
괴물을
흉칙한 괴물을 보러오세요
세상에 둘도 없는
수 세기에 드문
괴.물!
기회는 단지 지금뿐
괴물과 미녀와의 댄스, 댄스, 댄스!
다시
막이 오르고
공연은 계속되었네
객석을 가득 메운 열광의
관객 앞에서

우리들의 운동회

우리가 우리이기 위하여서는
우리의 적들이 있어야 한다

새 학기가 시작되고
낯설고 서먹한 날들
공부도 게임도 연애도
그 어떤 무엇도
우리를 우리로 묶지 못하는 그 새봄
끼리끼리 어색하게 경계하다가
화합과 평화의 제단에 올릴
멸시하고 돌 던질
우리 안의 별종, 그 희생양을 찾아
서로의 눈이 벌개지는
바로 그 무렵
자비로운 대형(大兄)께선
봄 운동회를 선포하시니

예선전이 시작되자
교과서를 빌리러 온 옆 반 녀석은
야유와 함께 추방당하니
비로소 우리는 영토를 가진 것이다, 드디어
그날, 영광된 봄 운동회
햇살조차 따사로운 그날
반 유니폼을 맞추어 입고
말 한마디 못 나눠 본 급우와 어느새 어깨동무를
하고
흙먼지 피어나는 치열한 전투의 현장을 바라보며
삼 반 이겨라, 국가(國歌)를 제창하니
우리는 마침내 국민으로 완성되었다

우리를 우리로 만들어 주고
하나 되게 하는 우리의 적들, 그 고마움

아침 인사
— 소시민 2

희뿌연 안개 속

늘어진 어깨

난 자꾸 깊은 나락으로 빠져만 든다

어디일까

외침으로 다가오는 속삭임 소리

거부하라반역하라행동하라

퇴화된 나의 손과 발

마음껏 행동하고픈

근원부터 떨려오는

그 떨림 막히어버린

아아, 금시라도 터질 것 같은

가슴, 심장, 역류하는 혈관의 부르짖음, 그러나

굳어진 미소와 메마른 입술의 정중한

아. 침. 인. 사

식물을 보다
— 소시민 3

말하라 식물이여!

그대 원망은 표피에 감싸이고
메마른 태양이 와도 떠날 줄 몰라
보이지 않는 항변으로 인하여
스님의 식탁에도 죄책 없이 오르고
재배되는 동안 그 편하나
오로지 움직이는 자의 필요로써 존재할 뿐

그런데 오늘 시청 앞
붉은 신호등 앞에 멈춰 선
식물, 식물, 식물들

말하라, 식물이여!

영웅

  어제 오월의 거리에 전차 앞을 막아선 소녀의 이야
기를 들었다 오늘 침몰하는 배 위에 다시 오른 청년
의 의연한 눈빛을 보았다 눈물 속에 피는 꽃들이 노
예의 벽을 넘어 잃을 것은 쇠사슬뿐이라고 수근거린
다 불길을 뚫고 달려간 그가 나의 영웅이었다

비둘기에게

 너의 가슴에 칼을 꽂고 푸른 몸에서 번져나는 붉은
선혈을 보고 있는 것은 언제나 그들이었는데 너는 왜
항상 그들을 위해 날아드는가 너는 가증스럽게 이곳
저곳 날아다니며 그 모든 싸움의 중재자로 자처하지
만 나는 보았다 시청의 옥상에서 사육당하다 아니 그
곳의 먹이에 눈이 팔린 네가 호화판 잔치의 소품으로
날아오르는 것을 나는 보았다 그 잔치로 배곯아 피
흘리며 싸우는 현장 위에 날아들어 아 평화는 아름답
다고 대화와 타협으로 선진 조국의 찌꺼기나 얻어먹
으며 만족하라고 너는 그래왔다 낫 들고 망치 들고
한 맺힌 가슴 안고 산으로 일어설 때 너는 폭력은 좋
지 않다고 폭도들의 난동이라고 지저귀며 그들의 잠
시 감춘 총구는 감싸주었다 개화기의 선교사로 해방
후의 점령군으로 4월 지나 군인으로 10월 지나 계엄
군으로 너의 이름으로 너의 모습으로 그들은 다가왔
고 그 모든 지배의 준비가 끝나면 너는 어느 사이 원

혼 떠도는 하늘을 비켜 음습한 음지로 숨어들었다 아
나는 몰랐다 네가 날갯짓하는 곳곳이 그들의 약점인
것을 너를 내세울 때 그들은 떨고 있는 것을 너의 순
한 눈 이쁜 몸에 매번 속아 용서로 화해로 투항했었
다 그러면 그들은 예정된 순서대로 네 몸에 칼을 꽂
았고 너는 도시의 뒤안길 지저분한 바닥을 전전하며
붉은 피나 뚝뚝 흘리고 있는데 왜 항상 다시 그들을
위해 날아드는가

선언

그것은 불
불길일 것이다
노동의 땀 위에 번져나는 사랑
해일처럼 솟구치는 억센 팔뚝의 마주잡음
장백산맥 넘어 만주에서부터
기어이 백록담에 고여드는
솟아오른 산맥마다 굽이치는
전야(前夜)의 봉화
그것은
벨트 앞 졸린 영희의 손톱 끝에서
등짐 지는 고 씨의 거친 어깨
기름때 절은 준이의 머릿결에서
호미 쥔 할머니의 검게 탄 무릎까지
스쳐가
삭막한 자본의 잿더미 위에 살아 오르는 불씨
그것은 불

불길이다

피고석에서

너희는 모른다
드높은 판사석 당당히 앉아
어젯밤 술쳐먹은 쓰린 위장보다 손쉬운 고민으로
브래지어 속으로 쑤셔넣던 팁 계산보다 쉽게
하루 이틀 열흘
일 년 이 년 십 년의 세월 선고해 버리는
너희는 모른다
박제 같은 액자를 깨고 거리에서
태극기는 왜 바람에 펄럭여야 하는지
너희는 모른다
자본의 칼날이 재단해 낸 출세 지도를 따라
법조문만 달달외운 너희는
그리하여 보장받은 두터운 철문에 가려
따스한 아파트
덮어 쓴 푸짐한 솜이불에 가려
들리지 않는다

번듯한 대문 하나 없는
얄팍한 겨울 담요의 절규하는 소리
평화시장 재로 남은 근로기준법이
노동의 새벽 어느 한 구절조차
들리지 않는다
알 수가 없다 너희는
긴 세월 격리될수록 강고해지는
우리의 단결 우리의 대오
피로 쓴 항소이유서 찢어낼수록
함성으로 솟아오는 소리
노.동.해.방
그것으로
피고석에서도 당당하게 타오르는 우리 눈빛
그 의미를

출감기(出監記)

1.

돌아간다 오늘
가다 보면 제자리인 2호선을 타고
간다, 순환 열차에선 내려야 한다
독방의 강제된 어둠 속에서도
세월을 짓씹으며 신음하던, 소리치던 가야 할 곳
아직 우리의 거울은
창백한 또는 핏발선 깨어진 혁명, 허니
언제나 역사는 멀고 젊음의 숨결은 가쁠 수밖에
허나, 그대로 간다

2.

쉽지 않겠지
처음엔 영웅이고 투사이거나 별종
좀 있으면 귀찮은 잔소리꾼이나 건달
한심한 술만 마시게 될걸

게다가 일상은 얼마나 칙칙한 것인가
생똥의 비린 냄새처럼 추억도 싫은
퀴퀴한 일상의 내음만 진하고, 나아가
눈물 없는 자본과 권력보다 우월한 미래가
골방의 소음으로 얘기되는
그뿐인가 어디
중앙과 지역의 변증보다는
지도 속의 강물, 산들을 바라보겠지
그래, 솔직하게
과학을 현실에서 혹은 현실을 과학에서
치열한 불꽃으로 피워 내지 못했어, 우리
그날, 무모한 싸움의 우리는

3.
다시 간다
그곳엔
아직은 이윤율 계산보다 치밀하지 못해도
순결한 자궁보다 깊은
사랑이, 사람이 있지 않은가
진잠에서 한밤을 걸은 어제
잘 있거라 이별의 말도 없는 대전역에서

멀리
새벽 기차의 기적 소리 들었지, 물론
철길을 보았고

날지 않는 이카루스

　밀랍보다 튼튼하게 날개를 엮어줘도 더 이상 날지 않는 이카루스, 하늘보다 안전한 미궁에서 스스로 날개를 접는 이카루스들은 어떻게 지난날을 잊을 수 있는 것일까 오로지 운이 좋아 살아남은 사람들은 이제는 닮아간다 모두 다 그렇게 꽃잎 져 떨어지고 조금씩 늙어간다 흘러가고 밀려가고 밀려오면서 그대의 변한 마음 헤아리지 않고 세상이 변했다고 이야기한다 차도 사야 하겠고 조건과 외모 따져 결혼도 해야겠으며 큰 집도 있어야 한다 떠도는 건 이제 그만 과거는 어리석었다 말하며 가끔씩 옛 친구 만나 술 한잔하면서 희미한 옛 사랑의 그림자만 더듬다가 돌아온다 한밤중에 깨어나 별들을 바라봐도 소주 한 잔 털어놓곤 출근부를 걱정한다 요즘 애들 버릇없다 손가락질하면서 사장님 말씀엔 닥치고 충성한다 무너지고 쓸려가고 쓸려오면서 그대의 잃어버린 꿈결처럼 오늘도 어제같은 하루였지만 나와는 상관없다 다

리가 끊어져도 지하철이 터져도 내 가족만 안전하면
오로지 믿는 것은 진급 출세 명예 돈 밝아오는 새날
이다 어느새 아들딸 태어나 엄마 아빠 부르며 어떻게
그 시절 보내셨나 물어오면 대답한다 언제나 가장 높
게 꿈꾸다 가정이 생겨나 오로지 너희들 앞날 위해
미궁 속을 헤쳐왔다고

후일담에 화내다

잊었다고 잊은 것은 아니다
기억이란 그런 것이 아니다
오늘도 멀쩡하게 활보하지만
비 오는 날 저며오는 흉터처럼
불현듯 찾아오는 지독한 괴질이다 게다가
끝나지 않았다 아직은
치유는 먼 얘기다 그래서
잊었다고 잊을 순 없다 물론
기억은 윤색된다 누구나
추억에 덧칠해 간다 이렇듯
회상이란 언제나 모호한 변색이다 그러나
잊어야 할 것은 잊어야 한다고
잊혀지는 것은 잊혀지는 그대로 세월에
썩어야 한다고
썩어가야 한다고
말할 순 없다 그렇게 눈물 없지도

가볍지도 않았다 그때 우리는

제4부

다시 쓸 시를 위하여

바람 5

바람이 불어와야
알 수 있다 그러나
산들산들
아지랑이 실려 다가오는 봄바람이야
어느 누가 반기지 않으랴
꽃들은
가슴을 열어 바람의 볼을 쓰다듬고
은사시나무는 뛰노는 강아지 꼬리처럼
가지 끝을 살랑거리니
그 잎새에 부서지는 햇살 소리에
고양이도 눈비비며 쫑긋거리지만
그러나 보아라 때아닌
어둔 하늘 폭풍이 몰아쳐 오면
풀꽃들 납작 엎드려 숨을 죽이고
꼿꼿한 척 도도했던 그 나무들
몸을 떨며

호느적호느적 굽신굽신
고개를 조아려 경배하는
그 하찮은 풍경
굽어보며
겨울새 한 마리 바람을 거슬러
갯바위 절벽 넘실대는 파도 위
철갑으로 버티는 소나무 휘어진 둥지에
내려 앉으니
바람이
거센 바람이 불어와야 비로소
알 수 있는 것이다

사랑 2

어느 날 품 안에서 그 애가
오랜 흉터 찾아 입맞춤하였을 때
잊었던 아픔이
살아났다 생생하게
사랑이란 때로 그렇게
지나간 눈물 다시
흐르게 하는 것
새 살 아래 잠복한 묵은 피
터뜨리는 것
지독한 시절의 눈물과 피
그렇게 몸 안 깊숙이
묻어 놓기만 하였는데
햇살 아래 가만히 바라보니
이제는 괜찮다
대답하니
새와 같이 그 애는

내일 얘기 지저귀었다 어느 날

봄

혁명은 스스로 걸어 다가오지 않는 시간이다 꽃망울 터져 새봄은 왔지만 목마름만 넘쳐 솟아오른 깃발에 그리운 벗들은 밀려오지 않는다 우리 다만 기다림에 애만 태우다 사랑 없는 단결에 찢겨 흔들린 것이다 그래도 아직은 서늘한 저녁 평상에 누워 밤하늘을 바라보면 자유의 별, 평화의 별, 평등의 별은 다정히 빛나고 있다 이토록 아름다운 봄으로 앞서 나아가라 속삭이고 있다

다시 쓸 시를 위하여 1

당분간 시를 쓰지 않기로 했다
험악한 하루하루
비옥한 땅과 햇살 맑은 하늘을 노래할 단어는
이제는 남지 않았다
그러한 땅도 그러한 하늘도 빼앗겨 버렸다
전투적인 단어 경향적인 단어만 살아남았다
그것으로 쓰려 했다
계급 사회에서 시는 혁명의 무기
독점의 배를 가를 수 있는
해방의 날 선 비수로 쓰려했다
그러나 관념으로 남고 말았다
노동의 땀은 보았으나
고통의 나무는 보았으나
찬란한 미래의 숲은 보지 못하였다
번져나는 사랑과 단결은 보지 못하였다
어찌할 수 없었다

당분간 시를 쓰지 않기로 했다
내 연약한 손에 노동의 땀이
배어나오기 전엔
일렁이는 민중의 바다에
해일로 일어설 나의 배를
띄우기 전엔

다시 쓸 시를 위하여 2

시가 되지 못한 나의 말들이
아우성치는 새벽이면
깨어나
저린 가슴 움켜쥐고 듣는다 잊었던
활자로 남고 싶은 몸짓들
저마다 심장 깊숙이에 묻어둔 별들
숨죽여 빛나던 은하
햇살 뜨거운 거리에서 더욱 초롱하게 떠오르다 바
람에
　흩날리는 소리, 부서지는 소리
　빈 술잔에 부딪혀 힘없는 빛살로 스러지는 소리
　때로는
　숙취처럼 앙금으로 남긴 했지만
　가끔은 복통으로 결리기도 했었지만
　끝내는 희석되어 잊혀져 간
　깨 오는 취기처럼

흩어진 사랑
그렇게
간(肝) 안에 돌이 되어 쌓였나 보다
그래 이 밤 나를 깨우나 보다
제 몸 하나 추스르지 못한 날 토닥이며
부르나 보다 이제는 오라
손짓하나 보다
다시 쓸 시를 위하여

다시 쓸 시를 위하여 3
— 지하에서

지층이 있다는 것은
시간이 고르게 흐르지 않는다는 얘기
나이테가 생겨나는 것도
어쩌면 주름살이 늘어가는 것도

　　— 신도림전철역2호선에서1호선으로갈아타는늦저녁사
람들은흐릿한물결처럼밀려가고밀려오고있다서로의피곤
과주정으로가득찬술냄새를호흡하며수십미터지하에서돌
틈보다더비좁은사이원치않은애무를나누며비비적대고분
명히이토록끈적이는오물가득한물결이아닌더뜨겁고덧없
지않은어쩌면무척이나존엄한사람어느누구에겐가세상가
장소중한사람들이겨우물결처럼물결이되어밀려가고밀려
오면서거품처럼사라지고있다난부수고싶다, 테러 그 화려
한 유혹이여!

　　그래서 난 기다렸다, TV를 켜고⋯

그러나 어떤 화석을 품을 수 있나
너희는 내가 시를 쓰지 않는 것이
다만 겉넘은 결벽이거나
같잖은 엄살인 줄로만 알지만
힘겨워라
당연하게 너무도 당당히 분출공으로 몰려가 떠나
가는 사람들

(그들은 하늘까지 갈 수 있을까, 무참한 중력이여)

그러나 허천한 폐허를 안고 묵묵히
수천 게이지의 압력을 달게 견디며
또 하나 지층을 쌓아 간다는 것

— 무너지는도심의교각과불타는거리여가장참혹한상처
로다가오는테러이전의자멸이여덧없는사랑이여기다린다
는것은지독한열병풋풋한젊음마저마르고하늘이눈물진다
해도좇지않아라그대와다시만난다는것은뼈와살이그대가
슴에썩고썩어진토되어우리들지층으로되어간다는것
그래서 난 기다린다, *TV를 끄고…*

깊을수록 짙어지는 어둠에 바람 불어오지 않는 곳

막차 지나간 역사 아직

첫차는 멀었어도 꿈은 깊어라 다시 떠오르는

붉은 자막, 열.차.가.곧.도.착.합.니.다.

세월은 다시

잘려 나간 그루터기

파헤쳐진 협곡에서 살아나는 것

바닥은 결코 잠들지 않는다

다시 쓸 시를 위하여 4

1.
내게 지금 펜이 있다면
펜으로만 쓸 수 있을까
펜을 손에 쥔다는 것
언제나 같을 수는 없겠지
촉을 갈고 가슴에 품어
저녁 어스름 길을 나서고
밤안개 속 은밀히 다가가
비수처럼 심장을 가르던 그날들
칼처럼 휘둘러 갑옷을 바수고
살을 도려내 솟아오는 핏물
헤집어 뼈를 긁던 그날들
그. 날. 들.

2.
그래서 넌 떠났지

비천한 사용을
때로는 경멸하며 때로는 동정하며
그래도
후회가 없기에 변명하지 않겠어
물론 알고 있지
어느 누구도 전체의 부분이 아닌 것을
가장 여린 숨결 하나 하나가
지구만큼이나 육중한 것을 그러나
너 역시 정직하지 않았어
잔잔하고 다정한 너의 선율도
섬세하고 치밀한 너의 사유도
소요의 날들 시가를 버티던
다중의 함성에 기대고 있는 것
그들이 열어놓은 가능의 지평을 향유하고 있는 것
말하지 않았어

3.
기다린다는 것
최소한 내게 아직
펜을 손에 쥔다는 것은
기다린다는 것

숫돌에 갈고 불길에 담금질하며
날을 벼리어 깊은 밤을
기다린다는 것
세상의 변방에 칩거하지 않고도
노래할 수 있을 때까지
기다린다는 것
야만의 시대 동굴의 시절을
추억으로도 기억하지 않을 때까지
기. 다. 린. 다. 는. 것.

유리 4

햇살을 품을 수
있었으면 좋겠네
바람은 나를 지나
가버렸음 좋겠네

햇살은 나를 스쳐
갈 길로 가버리고
바람은 내게 부딪쳐
내 앞에서 맴도네

햇살은 나의 눈물
눈치채지 못하고
바람은 비보라 몰고 와
떨게 하네 울게 하네

나 또한 누군가에게

햇살이어야 할 때 바람이 되고
바람이어야 할 때 햇살이었지만 그래도
햇살에 서운하고
바람에 한없이 아픈
오늘은 아직 겨울

유리 7

유리벽이 놓인 공간은
빤히 보여 더 서럽다
저편의 풍요와 여유는
바라볼수록 사무치고
네가
결핍의 이면을 응시할 때면
발가벗은 난 세포까지 부끄러워
사실
네가 그곳에 있지 않았다면
난 저편을 바라보지 않았을 것인데
단지 너 하나로 인하여
저편을 보며 초라하기에
끝내 불을 끄고 바라본다
너는 나를 보지 못해도 좋아
그렇게 비천함을 숨길 수 있어
오늘도

빤히 보여 더 서러운

유리벽이 놓인 공간에 선다

유리 8

나 여기 너의 방 창틀 안에
없는 듯 있어줄게
나를 통해 세상을 봐
맑은 날이면 푸른 하늘,
빛나는 햇살, 흐르는 구름도
투명하게, 투명하게
비추어줄게
폭풍우 몰아치는 날에도
그런 세상 그대로 보여줄게
그러나 차가운 비, 거센 바람만은
내가 안고 갈게, 넌
그대로 보아 두렴, 세상은
언제나 따스한 봄날이 아니라는 것
알아두렴, 때로 지독한 태풍으로
몸을 떨고 밤새 울어도
겁먹지 마, 나 아직

깨어지지 않았어

밤이 깊으면 날개를 펴는

어두운 세상 아직은 보여주지 않을 테니

네 방 아늑한 불빛만을 그대로 너에게

돌려줄 테니

언젠가 네가 나의 틀을 열고

세상으로 한 걸음

벅차게 설레며

나아갈 때까지, 그때는 나 여기서

언제나 돌아올 수 있는 너의 방 그 아늑한 모습을

그립게 비추어줄게

여름이 오면

바람이 불어왔어도 떠나지 못했다 발끝만 바라보는 시절에는 아직은 갈 수가 없다 하지만 여름이 오면 불타는 태양을 찾아 바다로 떠날 수 있을 것이다 흐르는 강물 따라 가는 그 길 어디쯤 멈췄던 심장도 다시 뛸 것이다 푸른 비 흩날리는 시원한 여름이면 그제서야 바람에 몸을 맡길 수 있을 것이다 그럴 때 돌아보거나 주저앉거나 기다려선 안 된다 두 팔을 벌리고 고개를 들고 날개를 펼쳐 보아야 할 것이다 머물지 않아야 할 것이다 여름이 오면

유성

불태울 수 있을까
지친 그대의 망막에
희망으로
소망을 속삭이는 입술의 모습으로
꽃피울 수 있을까
지상에 있었다면 조약돌
그러나 여기는
태양도 아득한 화성과 목성 사이
행성이 되지 못한 돌덩이들
부딪거나 떠도는
시간들
세월을 버텨도
자라나는 것은 흔적뿐
별이 되어 불을 품거나
차라리 그대를 향해 돌진할 수 있었다면
낯선 공간에 떨어지지 않았을 텐데

떨어져나간 몸들
그리움으로 피어내는 일
없었을 텐데

별빛, 잠시 흔들렸을 뿐
— 형의에게

네가 지고 가던 푸른 낙원이
온전히 남아 있다
살아온다 그 찬란한 빛살 속에서 우린
다시 만날 것이다
하늘거리는
네 고향 서산의 여린 갈대처럼
존재는 가볍다고 네가 얘기했지만
아름다웠다 넌 참
스물의 몇 해
뼈를 묻고 살을 썩히던
광장의 햇살 아래서도
용운동 언덕배기 지하
후미진 네 방보다 깊게
더 음습한 곳에서라도
비릿한 풋놈들의 냄새 떠도는
삼거리 선술집 무심한 손짓 사이에서도

그건
사랑했기 때문이다
살아가는 사람들 찌든 일상에 숨어 있는
소망
그래서
다가오지 않는 여름, 목마름에 지쳐
우리 흔들던 깃발은 지고
사랑도 명예도 남지 않은 세월이
아직도 희망인가 물어 올 때
예 혹은 아니오
그렇게 벌써 단답으로 떠나간 사람들을 두고 넌
더 넓은 바다를 따라 흘렀다
길은 언제나 이어지므로 네가
돌아왔을 때
눈망울에 맺히던 수억의 광년을 달려온 별빛
그것이 잠시 흔들렸을 뿐이다
흔. 들. 렸. 을. 뿐. 이. 다

시간時間에도 공간空間에도 담을 수 없었던 언어들

　김찬호 시인을 처음 본 것은 28년(1995) 전 봄이다. 그의 첫인상은 날카로웠다. 어설픈 말을 걸면 당장에라도 한판 논쟁을 벌일 태세였다. 그 시절이나 지금이나 그렇게 세상이 달라졌다고 믿지 않는 것은 시인이나 나나 별반 다르지 않다. 오히려 견고한 자본의 숲에서 더 허우적거리고 있지는 않나하고 스스로 안부를 물어야 할지 모르겠다.

　그 시절의 우리는 매일 동아리방에 모여 책 이야기, 세상 이야기를 하며 시간을 보냈다. 늦은 시간까지 술을 마시며 수많은 이야기를 나누고 계절을 흘려보냈다. 정해진 시간이 지나고 우리는 자신의 자리를 찾아 돌아갔다.

　사람마다 서로의 안부를 전하는 방법에는 여러 가

지가 있겠지만 우리에게 그 어떤 질문이나 대답보다 명징한 것은 작품일 수밖에 없다. 30년의 세월을 코 앞에 두고 있지만 어떤 점에서 볼 때 여전히 우리는 한곳에 머물러 있다.

시인의 시를 공들여 읽는 건 정말 오랜만의 일이었다. 작품을 읽는 내내 그의 과거와 현재를 떠올렸다. 날카로움은 무뎌진 것이 아니라 시선이 깊어진 것이고, 울컥울컥 올라오기만 하던 감정은 세월이 지나가는 동안 다듬어져 누군가의 말을 들을 수 있는 공간을 만들었다. 반갑기도 하고 걱정도 되었다. 이 또한 나에 대한 심란한 마음에서 출발했다. 우리는 2023년 봄(3월)에 각자 살아낸 시간과 공간에서 시를 가지고 다시 만났다.

시를 읽을 때 위험한 방법이기도 하지만 시인의 삶을 들춰보는 방법을 꺼내보기도 한다. 시인의 삶을 통해 작품을 이해하는데 도움이 되고 독자들에게도 좀 더 편하게 다가갈 수 있어서다. 개인적으로 이런 방법을 좋아하지 않지만 시집 발문을 쓰면서 시인과 작품을 오버랩 시킬 수 있었다.

시인도 나도 그 시절을 건너왔다. 그 이전의 삶은

각자의 말로 아니면 술을 마시며 이야기했을 것이다. 아직 시인과 여기에 있다는 것은 아직 그렇게 다른 시선으로 세상을 보거나 글감에 대해 다른 차이가 없다고 볼 수 있다. 이런 나의 생각이 착각일 수도 있지만 두 가지 면에서 볼 때 안심을 한다. 하나는 여전히 세상을 향해 무언가 말을 하고 싶어 하고 다른 하나는 그런 나에게 시집 발문을 맡겼다는 것이다.

　달라지지 않는 세상을 보고 밥을 먹고 잠을 자고 싸는 일을 반복하고 있지만 이 또한 세상에 대한 이야기를 놓을 수 없는 모습임을 알기에 애틋하기도 하고 나를 보는 마음도 들어있다는 것도 숨기고 싶지 않다. 각자가 각자의 공간에서 각자의 시간을 가지고 나와 너 그리고 우리에게 살아온 것을 시라는 형식을 빌려 말을 걸어온 것은 동병상련同病相憐일 수도 있기 때문이다.

　　노래가 되지 못한 말들이
　　화살로 쏘아지는 저녁
　　거리로 나선다
　　붉게 물든 하늘을 뒤로하고
　　하루를 연주한다

지하철역과 버스정류장 사이

페인트 가게 앞에

집 쪽으로 몸이 기울어진 사람들

무엇을 더 칠하고 무엇을 바꾸어야

자신의 색을 가질 수 있을까

노래가 웃음이 되고 밥이 될 수 없다는 것을

나는 알고 있다

거리의 빈 공간을

무언가로 채울 수만 있다면

그럴 수만 있다면

밤으로 가는 시간에 올라야 한다

층층이 쌓인 건물들 사이로

아직 지하로 내려가지 못한 전깃줄을

오선지 삼아

불 켜진 창들이 음표가 되고

어두운 창들은 쉼표가 되는 날

마음은 촉촉한 화살대 위에 올려두고

서로가 서로를 향해 촉(燭) 하나

밝힐 수 있는 빛이

이야기로 거듭나길

사람들 마음에 스며들길

소리에 담아본다

―「악사」전문

  1년에 한두 번 시인의 작품을 보았다. 학교 동아리 (새울문학회) 벽시전이나 동인지 발간식 때이다. 아직 시를 쓰고 있구나 하는 마음이 잠시 지나갔다. 그 마음은 그때도 그랬지만 지금도 시의 글감이 어느 한 곳에서 크게 벗어나지 않았다. 그 시절보다 훨씬 순화한 시선으로 읽어내고 있었지만.

  시인은 시만 쓰고 있었던 것은 아니다. 음악도 한다. 세상을 달래주기에는 시로는 부족했나 보다. 시와 음악 뗄래야 뗄 수도 없는 관계이다. 시를 쓰고 그 시가 음악으로 이야기를 만들어 거리에서 악사가 되어 햇살보다 그늘에 더 많이 노출된 사람들의 마음에 닿고 싶어 했다. 그 마음이 이 시에 고스란히 담겨있다.

  누군가에게 말하고 싶다. 말에 마음이 녹아서. 저녁을 넘어 밤으로 가는 길에 더욱더 그런 생각이 든다. 말보다는 노래가 되었으면 좋겠다. 촉燭 같은 노래라면 더 좋겠다. 그런데 나는 알고 있다. 그런 것이

쉽지 않다는 것을. 좀 더 솔직하게 말한다면 나는 가지고 있는데 쏠 준비가 되어있는데 맞을 사람이 없거나 맞을 준비가 되어있지 않거나 그것도 아니면 맞을 사람이 다른 곳을 보고 있거나. 무엇이 되었든 나는 지금 외롭다. 나 때문은 아니라고 말하고 싶은데 자꾸 나를 본다. 나와 같은 공간에 사는 사람들 때문이다. 나와 같은 시간을 공유하고 있는 사람들 때문이다. 결국 알고 있었다. 공동체에 대한 애틋한 마음 때문이라는 것을.

사람들은 어딘가를 보고 있다. 아직 집에 도착하지 못했는데 곧 집에 데려다 줄 버스가 오지 않았는데 몸은 이미 기울여진 사람들을 위한 노래는 어떤 것이 있을까. 어떤 노래를 불러야 하루의 무게를 털고 내일의 시간으로 갈 수 있을까. 외롭다는 어디서 왔을까. 그 감정선이 그냥 날아온 것은 아니다. 어디선가 매개가 있었다. 위로하고 싶다. 나를 포함해서 외로움의 실체까지. 다른 무엇도 아닌 시인의 마음을 담은 음악으로.

쓰러진 몸 위에 흙이 덮이고
계절이 흐른다, 이미

소소한 추억 같은

말랑한 살들은 분해되고

놓을 수 없는 기억의 중심이라 외치고 싶지만

뼈는 남았으면 좋겠다, 그러나

퇴적되는 삶이 지층을 쌓아

석화될 때

남는 것은 오로지 태고의 달콤한 연애일 뿐

짓눌리는 기억이 자라나면

마음도 돌이 되는 걸까

　—「화석을 보다」 전문

　일상은 여러 감정들을 동반한다. 깊이도 뜻도 모르는 경우가 있다. 이럴 때 갈 수 있는 곳은 자신만의 방이다. 그 방에 사는 것은 나뿐이지만 그 안에 수없는 감정이 들락거리며 때로는 친구가 되고 때로는 애인이 되기도 한다. 중심은 나라고 말하지만 그 중심을 안심시키고 흔드는 것은 나와 연관된 삶이다. 그 삶을 던질 수만 있다면 이런 감정의 골을 만들지 않아도 되겠지만 그럴 수가 없다. 나만의 공간 나만의 시간을 꿈꾸어도 그럴 수 없다는 것을 알고 있어도.

감정을 덮어줄 수 있는 것은 무엇일까. 적어도 무관심은 아니다. 가장 좋은 방법은 그 감정의 선을 따라 가본다. 그곳에서 만나 이야기를 하거나 들으며 풀어가는 것이다. 그런데 그럴 수 없을 때 우리는 어찌해야 할까. 막막하다.

시인은 닳고 닳은 몸에 흙이라도 뿌리고 싶다. 아픈 몸이 아닌 아픈 마음에 무언가 해야지 살 수 있을 것 같다. 살기 위한 본능적인 모습이다. 그래도 그럴 수 없다. 나와 너와의 관계에서 만들어진 시간과 공간 때문이다. 그 방에 있는 것은 내 것이라고 생각했는데 내 것이 아니다. 네 것이라고 생각했는데 네 것도 아니다. 덮는다고 덮어지는 것은 더욱 아니다.

남는 것은 연애라고 말하고 있지만 이 또한 시인이 만난 시간 속에서 본 감정의 한 부분이다. 결국 모든 것을 안고 사라지지 않고 있는 그대로 인정한다. "짓눌리는 기억이 자라나면/ 마음도 돌이 되는 걸까"

너는 나를 보지 않았다
단둘이 남은 방안에서조차
나를 보지 않았다
나를 통해 먼 하늘을

꿈꾸었을 뿐이다

거리에서도 나를 보지 않았다

나에 비친 너를

오직 너만을

바라봤을 뿐이다

나는 언제나 네 앞에 투명했는데

그러나 혹은 그러므로 너는

단 한 번도 나를

보아주지 않았다

—「유리 2」 전문

　도심의 숲에서 투명한 유리에 비둘기가 부딪혀 피를 흘리는 장면을 본 적이 있다. 그때 생각이 많았다. 투명하다는 뜻에 대한 부정적인 의심을 그 언저리에서 했던 것 같다. 사람들은 투명을 좋아하지만 그 누군가에는 불투명한 것이 더 나을 수도 있다는 생각을 했다. 사물이라는 것이 각자의 환경과 생활에 따라 달라진다. 내 처지가 네 처지가 같을 수가 없는 것처럼. 같다고 주장할 때 심한 감정의 멀미를 할 때가 있다. 유리를 통해 본 시인은 어떤 모습이었을까.

유리는 연작시이다. 거울도 아닌 유리를 통한 시인의 마음을 읽는다. 성찰이 아닌 흐릿한 삶의 실체에 대해 근원적인 고민을 본다.

나는 자꾸 너에게 눈짓하고 손짓하고 있는데 대상은 관심이 없는지 모르고 있는지 반응이 없다. 내가 날리고 있는 것은 다시 나에게 돌아오는 메아리뿐이다. 지독한 짝사랑이다. 그 대상이 무엇인지가 중요하지 않다. 마음이 갔는데 그 마음이 돌아오지 않았을 때 느끼는 감정은 절망감 이상의 그 무엇을 담보한다. 정확하게 그것을 알고 있다면 그나마 다행인데 그럴 수 없다. 마음이기 때문에. 그래서 마음이 다치면 몸이 치명상을 입는 것보다 무섭다. 나는 다 드러냈는데 상대방은 보이지 않았을 때 어떤 느낌이었는지 말하지 않았는데 들렸다.

낱말이 되지 못한 비운의 형태소
도와주는 자, 조사마저도
어엿한 낱말로 자리하지만
어미는 언제나 그늘에 있다, 어간을
잉태하면서부터 어미는
어간이 오롯이 단어로 설 수 있도록

그림자가 된다

붙어사는 자, 접사는

그 어근의

품사를 바꾸는 심술이라도 부리지만

어미는 그렇지 않다, 오로지

어간의 색깔과 향기를 선연하게 하는 데

몸 바쳐 허드렛일도 마다않는

조역으로 존재할 뿐

눈물겨운 이름

어미

—「어미를 보다」 전문

시인은 살기 위해 여러 일을 하고 있다. 직업이 몇
개였는지 모르겠다. 여러 기억 중 지금으로부터 20
년 더 전에 요즘은 흔해 빠진 문화예술 카페를 만들
었다. 공연도 하고 시도 낭송하고 영화도 보는 공간
이다. 그 공간이 크게 인기를 끌었으면 시를 쓰지 않
았을 수도 있겠다. 시인이 행복하면 시를 쓸 수 없으
니까. 이 또한 나의 편견일 수 있다.

미리 결론을 말한다면 몇 년 버티다 문을 닫았다.

세상을 앞서 간 것이 문제였다. 보조를 맞추고 산다는 것이 생각보다 쉽지 않다. 내 생각은 이미 담장을 넘어 대로를 건너 강기슭 어디쯤에 와 있는데 돌아보니 아무도 없다. 분명 사람들이 좋아할 줄 알았는데 아니었다. 그 마음 발목이 잡혀 이런저런 직업을 가질 수밖에 없었다. 앞서 간 생각이 만든 직업군들이다.

　이 시의 발상이 재미있다. 이렇게 말하려고 하는데 그럴 수가 없다. 국어의 문법 이야기라면 그럴 수 있다. 문법을 넘어 삼라만상을 품은 형태소 '어미'이다. 낱말이 되지 못한 형태소. 그 형태소에서 엄마를 보았다. 어머니, 어미도 같은 단어이다. 뜻은 분명 단어인데 문장에서 만나면 주연도 조연도 아닌 보조역 수준이다. 그런데 엄마가 어디에 있고 싶었던 적이 있었던가. 엄마는 어느 곳에서나 있었다. 엄마는 현재시제나 미래시제보다 과거시제에 더 오래 머물렀고 살았다. 우리들 마음이 그랬다. 언제나 엄마는 내 옆에 있을 것 같은 상대이다. 천지가 개벽해도 엄마는 내 옆에서 내 편을 들어주고 "밥 먹었냐?"라고 묻는 존재라고 생각한다. 그런 엄마에 대한 시선이 형태소로 발견이 되었다. 눈물이 날 수밖에 없다.

불태울 수 있을까

지친 그대의 망막에

희망으로

소망을 속삭이는 입술의 모습으로

꽃피울 수 있을까

지상에 있었다면 조약돌

그러나 여기는

태양도 아득한 화성과 목성 사이

행성이 되지 못한 돌덩이들

부딪거나 떠도는

시간들

세월을 버텨도

자라나는 것은 흔적뿐

별이 되어 불을 품거나

차라리 그대를 향해 돌진할 수 있었다면

낯선 공간에 떨어지지 않았을 텐데

떨어져나간 몸들

그리움으로 피어내는 일

없었을 텐데

─「유성」 전문

우리는 어느 파편에서 떨어져 나왔을까. 파편으로 나왔지만 자신만의 삶을 사는 주인공으로 거듭나기 때문에 파편이라는 말이 안 어울릴 수 있다. 엄마, 아버지의 조각을 받아 그늘보다는 빛을 품고 살고 그 빛이 남으면 응달에 사는 이들에게 나누어주길 바라는 마음을 안고 태어났다. 이런 마음이 부모가 자식에게 할 수 있는 욕심 아닌 욕심이다. 이 마음이 우리가 파편이 될 수 없는 이유기도 하다.

유성은 본체에서 떨어져 나와 알 수 없는 공간에 내려앉는다. 얼마나 많은 시간 동안 그곳에 있어야 할지 가늠할 수도 없는 시간 속에 불시착했다. 비를 맞고 바람을 만나고 눈을 덮으며 자신만의 모습을 만들고 싶었는데 뜻대로 되지 않는다.

살면서 뜻대로 사는 사람들이 얼마나 될까. 그래도 뜻대로 살고 싶은 것이 인간의 마음의 뿌리이다. 이 마음 포기하고 살면 지금은 아니더라도 아프다. 몸과 마음이. 알고 있으면서 할 수 없는 경우 앞에서 포기하거나 아프게 돌아서는 사람들이 많다. 이런 사람들은 위로가 필요하고 온기가 그립다.

시인은 이렇게 말한다. "차라리 그대를 향해 돌진할 수 있었다면/ 낯선 공간에 떨어지지 않았을 텐데"

상황에 대한 아쉬움을 넘어 후회를 넘어 회한의 감정
이다. 생각하고 생각한 시간을 지나왔고 그 시간에
녹아내린 감정의 끝을 만났기에 시가 나왔다.

　유성우가 내리는 밤, 사람들은 기도한다. 자신이
가장 바라는 마음을 담아. 유성의 처지나 유성의 마
음은 생각하지 않는다. 그런 마음의 여유가 없는데
그런 시간도 공간도 없는데 무언가 잡고 싶은 마음
때문이다. 설령 잡히지 않는다 해도 후회와 아쉬움이
돌아온다 해도 그리움은 바다 밑바닥에서 놓아주지
않는다고 해도 인간에게 아직 버리지 못한 회한이라
는 공간이 있다.

　희뿌연 안개 속

　늘어진 어깨

　난 자꾸 깊은 나락으로 빠져만 든다

　어디일까

　외침으로 다가오는 속삭임 소리

　거부하라반역하라행동하라

　퇴화된 나의 손과 발

　마음껏 행동하고픈

　근원부터 떨려오는

그 떨림 막히어버린

아아, 금시라도 터질 것 같은

가슴, 심장, 역류하는 혈관의 부르짖음, 그러나

굳어진 미소와 메마른 입술의 정중한

아. 침. 인. 사

—「아침 인사 — 소시민 2」 전문

시인이 산전수전을 겪으며 힘이 많이 빠졌다. 30년 전의 전투적인 모습은 이제 거의 찾아볼 수가 없다. 좋은 일이라고 말하려는데 마음 한쪽이 걸린다. 시가 어찌해야 한다는 것은 없지만 힘이 들어가면 살면서 부러질 가능성이 높다. 이런 경험 나도 여럿 했다. 그 마음 때문인 것 같다. 시가 주장일 수 없는 이유기도 하다. 시가 독자를 가르치는 이유가 아니기 때문이기도 하다. 그냥 시인이 본 글감을 보여만 주면 되는 일이다. 그 정도만 하면 시인의 역할은 끝난다. 그 이상의 무언가를 이야기하려면 시의 공간을 넘어선 것이다. 생각보다 시의 공간이 넓지 않다. 작고 소소한 마음을 조근조근 시어를 가지고 말하는 사람이 시인이다. 시인이야말로 소시민 중의 소시민이다.

'아침 인사'라는 것이 안부의 또 다른 말이다. 그 말에는 걱정 이전에 친근함이 산다. 나에 대한 안부 인사이기도 하다. 나는 지금 거친 마음과 거친 생각과 거친 삶의 복판에 있더라도 그 마음 부려놓고 인사를 한다. 불특정 다수에게. 그렇다고 세상을 향한 내 심장이 내 가슴이 내 마음이 내 생각이 식었다는 뜻은 결코 아니다. 부드러움 속에 강함이 있고 부드러움 속에 온기가 더 오래 머문다.

소시민들은 어제가 오늘 같고 오늘이 내일일 수밖에 없다. 그러나 내가 꿈꾸는 세상 내가 바라는 이야기이기까지 내려놓을 수는 없다. 이런 생각이 삶의 동력이다. 굳이 내려놓는다면 어제가 아니라 오늘이 아니라 내일이어야 한다. 안부가 과거를 묻는 것보다 현재를 물어야 하는 이유이고 내일을 맞이하는 힘의 인사이기 때문이다.

시집 한 권을 읽었다는 것은 시인의 집에 들러 그가 걸어온 시간과 공간을 만났다는 뜻이다. 그동안 어떻게 살아냈는지 묻지 않아도 알 수 있다는 뜻이기도 하다. 언어를 가지고 시인의 세상을 만든다. 그 공간이 비좁으면 놀러 오는 사람이 많지 않을 것이고 너무 넓으면 어디에 초대를 받았는지 모르고 길을 잃을 수도 있다. 그렇다고 독자들이 가장 좋아하는 시간과 공간을 일부러 만들 수는 없다. 시인이 자신만의 세상을 보고 느낀 것을 꾸며놓으면 독자들은 시인이 만든 세상을 경험한다.

첫 독자가 되어 시인의 집을 구경했다. 문패가 달린 집이라는 것은 책임감도 동반될 수밖에 없다. 그걸 30년 전부터 조금씩 준비했음을 읽었는데 마음이 쓰였다. 그 마음은 앞에서도 이야기했지만 같은 마음을 발견했기 때문이다. 아직 놓지 않는 세상에 대한 애정부터 삶에서 만난 글감들을 놓을 수 없는 시인의 마음을 보면서 즐거운 감정보다는 아픔이 먼저 파고들었다. 누군가 아파야 한다면 독자보다는 시인이 아픈 것이 낫다. 시인은 그 아픔을 시로 걸러낼 수 있어서이다. 갑자기 문을 열고 들어와 빙의한 사람처럼 말을 쏟아내면 그 말, 누가 알아들을 수 있겠는가.

시인은 적지 않는 나이에 첫 시집을 냈다. 살아오면서 만난 이야기들을 담아낸 것도 사실이다. 더 거칠게 더 강하게 말하고 싶은 부분이 어찌 없었겠는가. 눈에 보이는 것이 즐겁고 행복한 것보다는 아프고 슬픈 현실을 더 많이 보았을 텐데.

시간과 공간에 담을 수 없었던 이야기들을 시집이라는 공간으로 데리고 왔다. 한 편 한 편에 보여주고 있는 마음을 이곳에서 다 드러낼 수는 없었다. 그렇다고 아쉽다는 뜻은 아니다. 보지 못한 것, 느끼지 못한 것은 독자들이 찾아 여행을 시작하면 되는 일이다. 시인도 그걸 가장 바랄 것이다.

여기서 거론하지 않았지만 「별빛, 잠시 흔들렸을 뿐— 형의에게」, 「다시 쓸 시를 위하여」 등의 시들은 여전히 시인의 마음은 사람을 향해 현재진행형이라는 사실을 고백한다. 학창 시절 시인이 후배들에게 했던 말이 시간이 지났다고 말소된 것이 아니다. 여전히 그 마음 가지고 세상을 보고 듣고 있다. 싸움이라는 것이 내가 포기하거나 내가 끝내야 끝나는 것이다. 포기했다는 마음을 시에서 읽을 수 없었다. '다시 쓸 시를 위하여' 연작시는 나에게 하고 싶은 질문이기도 하다. 내가 다시 시를 쓴다면 어떤 시를 쓰고 싶은 걸까. 나는 나를 쓰고 싶다. 내가 본 나, 내가 만난 또 다른 나, 나에 대한 연민 때문이다. 이런 생각 때문인지 시는 자기연민에서 출발한다고 믿고 있다. 연민이 없는 시, 연민이 없는 글감에서 독자들은 무엇을 볼 수 있겠는가.

술을 먹다 우스갯소리 아닌 우스갯소리를 할 때가
있다. '나를 사랑하지 않는 사람이 누군가를 사랑한
다는 것은 거짓이라고' 시인은 연민이 강한 사람이
다. 자기연민에서 출발한 시간이 너와 세상까지 간
다. 연민에서 만난 글감이야말로 사랑의 다른 뜻이라
는 생각에는 변함이 없다.

시집이 세상에 나가 잘살았으면 좋겠다. 못다 한
언어들이 힘을 받아 누군가의 마음에 뿌리내렸으면
좋겠다. 이 마음이 시인의 마음일 것이다. 그 마음을
대신해 본다. 빛나는 문패는 닦지 않으면 금방 먼지
가 집을 짓고 끝내는 색이 바랜다. 이제 세상에 집 한
채 이름을 걸고 내놓았으니 과거형 시인이 아닌 현재
형, 미래형의 시인으로 길을 내며 나아가길 응원한
다. 김찬호 시인은 연민을 가진 사람이다.